Peter Fischer, *Chapeau-claque*

© 2013 Peter Fischer

Umschlagbild: Göttin im Palast. Collage von Pescador.-
Verwendung des Titelfotos mit freundlicher Genehmigung
der *Marlene Dietrich Collection GmbH, München.*

Umschlag, Satz und Lektorat: Pescador
Gesetzt in der Baskerville 12 Punkt.

Verlag: tredition GmbH, Hamburg
Printed in Germany
ISBN: 978-3-8495-4374-7

Bibliografische Information der Deutschen
Nationalbibliothek: Die Deutsche Nationalbibliothek
verzeichnet diese Publikation in der Deutschen
Nationalbibliografie; detaillierte bibliografische Daten sind
im Internet über http://dnb.d-nb.de abrufbar.

Peter Fischer

Chapeau Claque

Neue Gedichte in Versen

Meist falschen, teils traurigen Inhalts

*Mit einem Zwischenspiel
von Archangelo Nestfink,*

& Schlußworten vom Einstellschlitten

Und über allem hängt ein alter Lappen –
Der Himmel...heldenhaft und ohne Sinn.

Alfred Lichtenstein, Die Fahrt nach der Irrenanstalt I

Doch lockt die Kirsche noch so sehr,
Die Vogelscheuche schreckt noch mehr.

Heine, Zeitgedichte

Das, was ihr hier lest, ist in Versen geschrieben!
Ich sage das, weil ihr vielleicht nicht mehr wißt

Brecht, Lied der Lyriker

Erste Abteilung:

Haus-und Halts-Gedichte

Tendenz behauptet

Wer lebt, der macht sich nicht beliebt,
War hier und da nicht zu erwarten,
Gold von Gulf Oil wird nicht mehr gesiebt,
Und wer dahin ist, baut sich keinen Garten.

Der Frieden war ein schlechter Börsentip,
Beim Exitus frei Haus ist die Marge schmal,
Hosianna uns, dazu freie Wahl der Qual,
Der Dollar ist so fest als wie ein Damenslip.

Bei Transaktionen hat die Seele viel gewonnen,
Der Hirsch röhrt abendlich in seinem Tann,
Profit fragt nicht, woher du kommst, und wann,
Bevor du denkst, hat der schon zugenommen.

Es lohnt sich nicht zu fahren aus der Haut,
Du kommst nicht weit, wenn es sein muß,
Adam und Eva schicken einen schönen Gruß,
Hatten nichts Besseres für uns gebaut.

Ach, Freunde, laßt uns nicht verzagen,
Auch wenn Tod und Präsidenten tagen,
Die Börse schließt, und öffnet wieder,
Singt Gott dem Herrn die neuen Lieder.

Lokalblatt

Und wenn der Alte einmal pißt,
Wird nicht Mann und Maus vermißt,
Gestern braucht man keinen Morgen,
Und los sind wir nun alle Sorgen.

Das sagten schon der Fritz und Franz.
Danach fragt bestimmt kein Schwanz.

Nach dem letzten Krieg

Das Tableau ist sehr bewegend,
Kein Schlachtfeld wird mehr untergehen,
Gott selbst schleicht durch die Gegend,
Um für sein Essen anzustehen.

Rambow 1

Der letzte Sieg ist weit entfernt,
Und alle Helden müssen hinken,
Die Kerle haben nie gelernt,
Daß sie in den Himmel stinken.

Rambow 2

Für Helden ist kein Platz hier oben,
Sie ruhen weich und tief im Massengrab,
Der Ruhm ist´s, der es ihnen gab,
Sie sollten ihren Dienstherrn loben.

Rambow 3

Der Tod für´s Vaterland ist ehrenhaft,
Weil er das Leben uns abschafft,
Die Zukunft führt also ins Ungewisse,
Wir ruhen sanft in einer Knechtschaftspisse.

An eine Dichterin
(*Als sie auf dem Schiffe fuhr*)

Ein schmales Band von Hysterie
Völlig ist durch dich geschlungen,
Davon hat mancher schon gesungen,
Es hat gefallen, und der Industrie.

Leben wird am Markt betrieben,
Der Singverein ist auf dem Blutgerüst,
Schaden gibt´s hier nach Belieben,
Es ist so, weil es eben ist.

Nach der Feier geht die Bowle um,
Du wirst die Hackmaschine putzen,
Empfinden macht die letzten Worte stumm.

Es frage niemand nach des Vorgangs Nutzen,
Man legt ein graues Tuch auf alle Schädel,
Das Publikum liebt sich und unser Mädel.

Denn so steht es mit den Dichte*rienen*,
Sind des Staates allerbeste *Trienen*.

Königssee

Es hängt ein Lüngerl an der Wand,
Und dir wird es flau im Magen,
Doch wer darf seine Trauer tragen,
Wenn er stirbt im Trachtenland.

Denn unser Herzog ist der Beste
Wir wollen, daß *er* niemals stirbt,
Und droben dann im Himmel wirkt,
Wir feiern für ihn tausend Feste.

Doch selbst auf Gottes schönster Welt,
Ist alles nicht bestens bestellt,
Bei Autobahn und Lederhos,
Ach, wohin führet das Leben bloß.

Frontbericht

Im Wirtshaus soll der Teufel bleiben,
Hier wird am Samstag viel gefegt,
Ein Haus ins andere verlegt,
Da wird keiner Schlimmes treiben.

Der Schneider stopft die letzten Rosen,
Dem Bäcker geht der Ofen aus,
Ein Metzger bettelt um Almosen,.
Kein Wanderer wandert noch aus.

Das fördert Leben ganz enorm,
Mädchen plätten ihre Hauben,
Knaben sammeln saure Trauben,
Die Schule bietet Theo Storm.

Damit ist das Glück noch nicht am Ende,
Ein armes Schwein hängt sich Sylvester auf,
Geburten nehmen weiter ihren Lauf,

Für Hinrichtung gibt es nie genügend Wände,
Wir müssen uns zum nächsten Einsatz melden,
Wir brauchen Nachschub und noch viele Helden.

Letzte Ölung

Vaterlos und froh dabei,
Das kannst du nicht verstehen,
Die Welten machen viel Geschrei,
Wenn sie untergehen.

Bald überwuchert die Natur,
Kanonen und Raketen,
Das wird eine schöne Kur,
Wir müssen sehr viel beten.

So bleibt die Hoffnung stets bei Fuß,
Junge, du bist wirklich schick,
Erheb´ die Hand zum letzten Gruß,
Du wirst noch etwas in der Politik.

Aussichten

In diesem Land will keiner leben,
Kein Mensch, der je die Sonne sah,
Und keinen Heller auf dich geben,
Du Muselmann mit Blick auf´s Kanada.

Wirf einen Blick auf letzte Perspektiven,
Sonntags röhrt der Hirsch im Tann,
In diese Welt mußt du dich hieven,
Mit Erfolgen dann und wann.

Wenn man den Herrn zu Arsche kriecht,
Weht der Wind in eine gute Richtung,
Weil nun das Leben besser riecht,
Braucht der Mensch die schöne Dichtung.

Deutschland, du sollst nicht verzagen,
Was wird morgen ohne gestern sein,
Ganz unten knien, und oben fragen,
Das kann bei uns halt jedes Schwein.

Lokalteil

Guten Morgen, Herr Präsident,
Wir haben das Wetter im Griff,
Sehen Sie, wie der Himmel brennt,
Gestern ging das letzte Schiff.

Das Publikum kriegt was zu fressen,
Freiheit bringt Television,
Und ist im Augenblick vergessen,
Und Gott schickt seinen guten Ton.

Der Präsident muß zur Begrüßung schreiten,
Viel Geld von Süd nach Nord begleiten,
Wer Arbeit findet, ist zufrieden,

Ein alter Nazi ist noch lang nicht tot,
Er rackert sich beim Seifensieden:
„Laßt doch dem alten Mann sein Brot."

Peregrination

Ich bin nach Santiago gefahren,
Da hatte ich keine Not,
Das war vor vielen Jahren,
Jetzt bin ich schon lange tot.

Das war eine Fabel für Kinder,
Und andere Zeitzünder.

Ausschußsitzung

Da sitzt der Held in seiner Badewanne,
Hinter sich die letzte Flasche Wein,
Was ist, das kann auch jetzt nicht sein,
Ein Kerl haut selbst sich in die Pfanne.

Wir wollen jetzt noch einen Schluß erreichen,
Von diesem Vorgang hat kein Schwein gehört,
Weil das Straßen und Verkehre stört,
Die Natur läßt sich sehr schnell erweichen.

Ob einer, oder tausend Helden lügen,
Was Recht ist, pfeift auf die Gesetze,
Was edel ist, zieht Geld in seine Netze,
Das Publikum will schließlich sein Vergnügen.

Drum macht mit dieser Sache endlich Schluß!
Denn worauf läuft das Ganze raus?
Friede sei sofort in unserm Haus,
Sonst wäre unser Vorgang Stuß.

Es sorge keiner für ein Gegenteil,
Die Hausfrau braucht noch was zum Waschen,
Drei Groschen geh´n in unsre Taschen,
Wir bieten jetzt die Badewanne feil.

Zweite Abteilung:
Stamm-und Tisch-Gedichte

Ein paar Lebensfragmente

1. Hausmusik

Hier spielt das Schicksal seine schönste Geige,
Der gute Mann denkt an sich selbst zuletzt,
Solange er nach Markt und Pfennig hetzt,
Bringt ihn das hoch, auf dürre Zweige.

2. Hausputz

Iß endlich deinen Pudding, Gilda,
Du, Beate, gehst gleich in dein Zimmer,
Das sag´ ich dir, deine Mama;
Morgen wird alles noch schlimmer.

3. Haushalt

Selbst das dümmste Huhn erblüht,
Wenn ein Esel vor ihm kniet,
Ein edles Herz steht zum Verkauf,
Und die Gefühle brechen auf.

4. Entschluß

Schrumm, schrumm, schrumm,
Ich bring die Mama um.
Aber sie war viel zu stark,
Und jetzt schleck' ich ihren Quark.

5. **Romantik**

Der Zeit entrinnt nicht eine Stunde,
In Wüsten zählt kein Gott den Sand,
Auch der Mond träumt nicht wie Hunde,
Er ist nur etwas hirnverbrannt.

6. **Gästehandtuch**

Unsere glücklichen Kinder
Sind sehr viel gesünder,
Wenn sie in den Sternen wohnen,
Wo Goethe und Napoleon thronen.

7. **Brühwürfel**

Dieser Roman entfaltet Liebesmühen,
Vertreibt den Hunger und Gedanken,
Kritik sowohl als hohe Damen glühen,
Das Firmament gerät ins Schwanken.

Beim Friseur

(Auf eine bekannte Melodien zu singen)

Meerschwein, ich dich grüße
Von der Scheiße bis zum Belt,
Deutschland, ach du meine Süße,
Du bist mehr als eine Welt.

Die Gegend hat der Herr gesegnet,
Es gibt nur einen, Gott sei Dank,
Selbst wenn mal Auschwitzasche regnet,
Dann wird man davon nicht gleich krank.

Ich habe mal geträumt, jetzt bin ich wach,
Und keine Glocken mehr läuten,
Der schwarze Hahn ist auf dem Dach,
Oh Herr, was soll es bedeuten.

Papa geht tapfer an die Front,
Zuhause ist er schon gestorben,
Wer einmal lebt hat viel gekonnt,
Und für die Fortsetzung geworben.

Wer hat einst Paläste errichtet,
Kolosse, Brücken und Meeresfahrt,
Dann sich gebeugt und hingerichtet,
Und dabei Zweimarkfünfzig gespart?

Nun blickt Natur gerecht und munter,
Atomgeschwängert, dollarvoll,
Vom großen ganzen Quark herunter,
Wie schön der bunte Kamm ihr schwoll.

Keiner sage, er wisse nichts,
Beim Zeus, wie sollen Fesseln reden.
Ergebenheit vernichtet jeden;
Das war der Vorgang des Gedichts.

Haufenweise

In Gottes Namen, schlagt sie tot,
Löscht sie aus in unserm Namen,
Sie essen doch nur unser Brot,
Und fallen etwas aus dem Rahmen.

Sie tanzen Märsche im Gemüsegarten,
Berauscht von Zeitungen und Bier,
Erfinden neue Redensarten,
Die müssen weg, wir bleiben hier.

Die müssen aus der Fremde runter,
Dahin auf unser Stinkniveau,
Der Herr Kaplan wird auch schon munter,
Frau Holle geht mal schnell aufs Klo.

Keiner darf uns diese Erde wehren,
Wir glauben an den nächsten Schritt,
Der Knecht muß seinen Herrn vermehren,
Ach, Volksgenosse, komm' doch mit.

Das Leben blüht in Wald und Städten,
Endlich ist alles positiv,
Wir müssen diese Welt erretten,
Sowohl mit Bomben als auch Mief.

Denn ohne uns kann niemand leben,
Wir sind die Garantie für Sinn,
Wenn wir den Blütenteppich weben,
Ist bald der letzte Atem hin.

Selbst unter Abfall oder Schweinen,
Meine lieber Schwan, das merke dir,
Wirst du gewiß nicht mehr erscheinen,
Du bist tot, was bleibt, sind wir.

Refrain:
Wes' Dreck ich fress', des Lied ich sing,
Und wenn ich dabei unterging.

Lied der Wiederaufbauer

Schuster, bleib' bei deinen Leisten,
Sonst fällst du vom Gesetze ab,
Die Macht darf sich etwas erdreisten,
Du wanderst ehrlich in dein Grab.

So hat dein Gott es dir befohlen,
Dein ist Leiden und die Zucht,
Auch deine Arbeit wird bestohlen,
Der Gewinn im Paradies verbucht.

Vor allem sollst du dich nicht wehren,
Sonst holt dich gleich der Mutterstaat,
Vor deiner Hütte mußt du kehren,
Die ihre schönen Seiten hat.

Ach, Schuster, traue nie den Träumen,
Acht' dich gering und halt' dich klein,
Sonst stolperst du in fremden Räumen,
Und im Ausland bist du ganz allein.

Du weißt jetzt, was du hast zu lassen,
Ergebe dich deinen Vorschriften,
All deine Freiheit sollst du hassen,
Und still dich an jedem Tag vergiften.

Refrain:

Bin ich einmal tot,
Ist vorbei die Not.

Wehrmacht

Dein Vater war ein böser Mann,
Er hat dir was angetan,
Und das Resultat bist du,
Also jetzt laß uns in Ruh'.

Frau Hildes Ehe war normal,
Auch ihrem Gatten nicht egal,
Sie wollte etwas Bessers sein,
Und dazu fiel ihr etwas ein.

Ihr Fritz ist in den Krieg gezogen,
Sein Führer war ihm sehr gewogen,
Dann kam der Heldenfritz nach Haus,
Und sein schöner Traum war aus.

Der Sieg war sein Zusammenbruch,
Was soll der Held in den vier Wänden,
Er braucht ein neues Schicksalsbuch,
Jetzt muß er sich noch einmal wenden.

Der Fritz hat kräftig zugepackt,
Standort Deutschland bleibt stabil,
Er hat sein Wunder hingekackt,
Das schöne Land gilt wieder viel.

 Da war Frau Hilde doch zufrieden,
Und hat die Freuden streng gemieden,
Thronet stolz in ihren Wänden,
Erbaut von guten, deutschen Händen.

 Da soll uns noch einer sagen,
Man könnte doch sein Glück nicht wagen.
Der letzte Krieg hat sich gelohnt,
Weil er unsern Fritz nicht schont.

Refrain:

 Mein Kopf ist weg, mein Herz ist rein,
 Welch Glück, ein deutsches Kind zu sein.

Noch ein paar Einsichten

Plumpsklo

Was sollen mir Sekt und Burgunder,
Mich hält Literaturkritik munter,
Aus Selbstachtung, oder zum Schein,
Trinke ich zwei Liter Gänsewein.

Immaculata

Die Männer sind alle Schweine,
Sie wollen doch nur das Eine,
Doch meine Haare, die sind blond,
Das hab' ich immer schon gekonnt.

Dancing

Die fixen Modepoeten,
Empfinden nach den Moneten,
Sie irren artig, und dichten nur,
Den Platz in den Charts der Subtilkultur.

Man müßte nochmal Zwanzig sein;
Rimbaud war auch nur so ein Schwein.

Knorrig

Er wollte die Brühe nicht trinken,
Und konnte nicht anständig hinken.
Da hat man ihn erschossen,
Kein' Mensch hat das verdrossen.

Legende

Es lebt der Mensch, so lang er irrt,
Und eine kleine Kugel schwirrt,
Sie ist nur für ihn bestimmt,
Weil sie ihm das Leben nimmt.

Nun überlegst du her und hin:
Das Leben hat doch einen Sinn.

Romantik b

Die Zeit vergeht in ihrem Grunde,
Die Rückseite ist nicht bekannt,
Zu den Monden bellen Hunde,
Sie haben schon die Nacht erkannt..

Haushalt b

Der schönste Engel blüht auf,
Wenn ein Dollar vor ihm kniet,
Das Herzl drängt zum Verkauf,
Wenn Leidenschaft sprüht.

Aspirin

Ansicht 1
Die kleinen Mädchen
Sind das zackige Rädchen
In der großen Hysterie,
Deshalb lieben wir sie.

Ansicht 2
Die kleinen Mädchen
Sind das große Rädchen
Im Getriebe der Natur;
Wie machen sie das nur.

Doppelaspirin

Die Zickendrähte
Sind die schönsten Turngeräte
Aller unsrer Lust;
Wer redet hier von Frust!

Da sprach das süße Jesuskind,
Ach Gott, vergiß die Lust geschwind,
Auch ich bin frustgeboren,
Von Ewigkeit zu Ewigkeit verloren.

Dann donnerte die Gottmama,
Du gehst weg, und ich bleib' da,
Der Himmel wölbt sich über mir,
Die Erde ist mir ganz zur Zier,

So will ich es belassen,
Auch wenn dich alle hassen.

Spielzeug

Die Kriegsmaschinen
Sind kesse Bienen,
Die ziehen uns hinan,
Und dann ist es getan,

Dann sehen wir Radieschen,
Und manches grüne Wieschen
Sehr von unten an,
Was haben wir bloß getan.

Überfluß

Viele Sommer sind des Menschen Tod,
In Mutti's Kellern lebt sich's heiter und bequem,
Der Abgestorbene kennt keine Not,
Kein Gott erschafft ihn mehr aus Licht und Lehm.

Neue Zeit braucht keine alten Stunden,
Schon eine Sekunde ist sofort zu viel,
Das Geisterschiff braucht keinen Kiel,
Für jede Ware gibt es einen Kunden.

Das spüren auch die Leichen unter Wasser,
Die Haie wenden sich von ihnen ab,
Und werden dennoch immer blasser.

Denn ihre Zukunft braucht kein Grab,
Die Waren machen mit sich selbst Geschäfte,
Das wird schon was, das sind die neuen Kräfte.

Dritte Abteilung:

Trau- und Schau- Gedichte

Zuhause bald

Die Angst schlägt wieder ihre Augen auf,
Sie nimmt das Kind sich in den Arm,
Dem wird es kalt, und wieder warm,
Das führt zu einem Lebenslauf.

Kein Bild in Sicht, es wird ernährt,
Milch wird locker eingeschossen,
Der Haushalt hat es sehr genossen,
Wie sich das bei uns gehört.

Tagtäglich wird das Atmen Pflicht,
Nun wachset und gedeihet weiter,
Die Luft verwandelt sich in Eiter,
Und was ich sage, höre ich nicht.

Es dauert, und die Haare werden grau,
Schweiß perlt blutig aus den Poren,
Noch wird am Tod weiter geboren,
Und du siehst alt aus im Verhau.

Die Wolken fahren abwärts aus dem Jahr,
Feld und Wiese stellt die Blüte ein,
Die Tage haben keinen Widerschein,
So wie ich in Deinen Armen war.

Die Angst schlug lang die Augen auf,
Der Nutzen ist allseits verbürgt,
Man hat sich da und dort erwürgt,
Wer führt nun Deinen Lebenslauf.

Erkunde nicht den Kern von der Geschichte,
Wer das will, der erschießt sich selber,
Das macht das Blatt im Herbst nicht gelber,
Ein Bombenschacht schreibt auch Gedichte.

Gott packt den Hering in die Zeitung ein,
Sein Hund hebt noch ein letztes Bein.

Dankbarkeit

(*Time of Wine and Roses*)

Wenn Du die Kette wirfst,
Schmiege ich meine an Dich an,
Daß du in meinen Augen schürfst,
Wovon ich nicht mehr träumen kann,

Wenn Du Verzeihung übst,
Um alles besser zu verstehen,
Und alle Blicke trübst,
Daß die Herzen übergehen,

Wenn Du den Tag erbrichst,
Um ihn auf den Tisch zu legen,
Und dir schönen Lohn versprichst,
Von dem allerhöchsten Segen,

Wenn Du die Nacht erschlägst,
In den allerweichsten Pfühlen,
Und schwer an den Gefühlen trägst,
Und sitzest schief auf kalten Stühlen,

Wenn Du vor die Menge trittst,
Und deine Lieder süß erklingen,
Daß der ganze Haufen schwitzt,
Und alle Hosianna singen,

Wenn Du Angebote machst,
Denen nicht alle Toten glauben,
Und die Lebenden verlachst,
Die sich einen Spaß erlauben,

Wenn Du auf Erfolge sinnst,
Die dich kein Lächeln kosten,
Und dich in deinem Leib verspinnst,
Ganz allein, auf Deine Kosten,

So bin ich nur ein Schlendrian,
Der für das große Sehnen taugt,
Die Stürme gehen Dich nichts an,
Wenn Wind an meinen Knochen saugt.

So bin ich endlich Dir vertraut,
Ich folge dir auf allen Wegen;
Wer einen Lebensraum erbaut,
Kommt von der Traufe in den Regen.

So leben wir, und auch das Ganze,
Ein Schleier hängt am Bild von Sais,
Wir produzieren gerne Schweiß,
Und knien vor Dir im Siegerkranze.

Schlittenfahrt

Schnee auf der Landschaft,
Das ist mein Ruin,
Der Tod gafft,
Und läßt mich nicht zieh'n.

Das letzte Spiel
Wird eingeläutet,
Es bringt nicht mehr viel,
Bald bin ich gehäutet.

Das ist der Lohn
Für Herzensergüsse,
Ein himmlischer Ton,
Und Genickschüsse.

Wer wird sich beklagen,
Und Schlager singen,
In drei letzten Tagen
Wird's nicht mehr gelingen.

Ach, hört auf zu flennen,
Schluckt keine Rosen mehr,
Lernt lieber rennen,
Mit den Toten ans Meer.

Das Vaterland wird es euch danken,
Dann dürft ihr wieder Hoffnung tanken.

Evolution

Was sagen die Füße der Meisen im Schnee,
Oh Gott! Wann wirst du uns verlassen.
Du tust uns schon zu lange weh,
Dein Bild klebt fest in allen Gassen.

Die Tümmler ertrinken, der Schnee wird grau,
Es stinkt im Himmeln und auf Erden,
Profit erstrahlt wie eine blonde Frau,
Aus dem Heilsplan kann noch was werden.

Frühzeitig ist der Tod verstorben,
Die Menschenleich' hat nicht geschmeckt,
Kein Nachfolger hat sich beworben,
Die Transzendenz ist abgedeckt.

Ein Nichts erinnert sich an nicht sehr viel,
Um so viel mehr weiß das Vergessen,
Denn Nichts ist nur auf nichts versessen,
Es war von Anfang her ein faules Spiel.

Und dieser Anfang war in sich beschissen,
Ein Herzchen legte glatt ein andres um,
Kein Dreck will einen andern missen,
Wer damit Geld macht, ist nicht dumm.

Souvenirs de l'Internationale

Ma femme, qui était ouzbek,
Me prit souvent pour un métèque,
Hier, elle fut mongole,
Pour me flanquer la vérole.

Ma femme est aussi Ukraine,
Elle chérit la migraine,
Elle mariait un esquimau,
Pour ne pas rater le métro.

Demain elle sera tartare,
Au milieu de ses avatars,
Après-demain une belle suisse,
Avec son couteau et ses cuisses.

Et pourquoi pas anglo-saxonne,
Une vrai gazol-baronne,
Et puis une belle chinoise,
Avec une mélodie sournoise.

Ubu enfin nous a sauvés,
Le carrousel s'est arrêté:
Mais avec son méchant sourire,
Se cachait dans une tirelire.

Car sur mon balcon
Tout est bien et rond,
Comme une mandoline
Extrêmement sanguine:
En Italie, en Bulgarie,
Le pacte se fait dans la mairie.
Dieu l'a voulu,
Nous l'avons suivi.

29

Mädiquote

Wählt endlich einmal eine Frau,
Nicht immer diese Männersau,
Frau wird euch zeigen, was es heißt,
Wenn man in fremde Teller scheißt.

Der Rüttelkorf

Es war einst Leslie Mayer,
In einem Wortschlachthaus,
Der klopfte auf die Eier,
Dem Fritz und auch dem Klaus.
Er ließ sich's nicht verdrießen,
Stach mit den scharfen Worten,
Die Dummen und die Fiesen,
An öffentlichen Orten.

Ein Lob dem Wortschlachtmeister,
Der da und dort nicht paßt;
Staatlicher Scheibenkleister
Blüht an jedem bessern Ast.
Nun ist auch er gegangen,
In Himmelwörterwelten,
Solchen Mayer sieht man selten,
Hat an keinem Dunst gehangen.

Großvaters Auge
Für Erwin Dittler

Die Heimat ist uns längst entrissen,
War sie schön und schrecklich auch,
Es war ein wenig Wut im Bauch,
Und die Not ein Ruhekissen.

Am Viere hat die Arbeit angefangen,
Manchmal ging die Sonne auf,
Der Herrgott machte diesen Lebenslauf,
Die Söhne sind ins Feld gegangen.

Es war ein Krieg in West und Osten,
Der Süden wurde nicht geschont,
Die Landschaft war noch ungewohnt,
Der Marsch ging auf des Lebens Kosten.

So hat der Führer eingegriffen,
Das ging munter und ganz grad,
Dann kam noch etwas Stalingrad,
Und die Sense war geschliffen.

Sie hatten bei der Arbeit auch geträumt,
Von einem ziemlich fernen Leben,
Von Brot und Wein und Schinken eben,
Dann hat die Industrie das abgeräumt.

Da gab es Schreck und Schmerzen sehr,
Keiner konnte es mehr fassen,
Die Heimat war nun ganz verlassen,
Jetzt weiß es kaum noch einer mehr.

Die Blasmusike spielt noch laut,
Die große Trommel in's Leere haut.

Tango Parousien

Le soir arrive en plein bonheur,
Sur les trottoirs se répand du miel,
Le Tango monte des profondeurs,
Tout le monde se met au pluriel.

|: Les émetteurs émettent,
   Les filles sont chouettes:|

Arrivent des architectes farouches,
Ils déconstruisent tous les cons,
Qui font du mal à aucune mouche,
Et bouffent du sandwich au jambon.

|: Sur les boulevards de la cité,
   Une blonde énorme s'est déchirée.:|

Un quidam, vivant néanmoins,
Se jette au milieu des mers blondes,
S'achète une maison près du coin,
Et périt doucement dans les ondes.

|: Quelle victoire de la Nature!
   Passe-moi un kil de litre pur:|

Un peu plus tard, en fleuve de Seine,
Surgit un bateau sous-marin,
La ville s'enflamme dans une rengaine,
Le ciné fonce au petit matin.

|: Le populo se démène au bal,
   Le bonheur devient orchestral:|

Que dalle ! ce n´est pas la fin du monde,
Notre moteur marche à l'essentiel,
Les sots n'ont plus de clientèle,
Grâce au sourire de la Joconde.

|: Le Tango sort un sale sourire,
   Trois notes bricolent une ouverture:|

 La Fête ne finira jamais,
Aux armes, amis et Citoyens,
Nous finirons cette vie de chien,
Notre matin sent bon et frais.

|: Les émetteurs émettent,
   Les filles sont chouettes:|

Vierte Abteilung:

Um-und rum-Gedichte

Rostlaube

In Thailand wird geteilt,
In China gibt's Kinetik,
In Wien, da wird verweilt,
In Deutschland stinkt es stetig.

Bayern liebt das Eiern,
Baden alte Maden,
Schwaben das Verschleiern,
In der Hauptstadt gibt´s Soldaten.

In der Metro, da gibt's keine Wurst,
Auf der Themse kippt ein Kahn,
In der Wüste, da sprudelt der Durst,
Zwischen Blumen die Blutbahn.

In Rußland tanzen die Mäuse,
Am Matterhorn die Schokoladen,
In Berlin, da füttert man Läuse,
Und der Papst ist voll der Gnaden.

Der Himmel reibt sich die Hände,
Auf Erden läuft man sich tot,
Die Pfaffen leiden niemals Not,
Wer hofft, verdienet auch sein Ende.

Grasnarbe

Die Sehnsucht hängt hinter Gittern,
Das Leben aus dem Hals heraus,
Schöne Träume müssen zittern,
Es ist kein Atmen in dem Haus.

In den alten Kindertagen
Hatte die Sonne ein Gesicht,
Der große Glanz ist abgetragen,
In Sauberkeit und Strafgericht.

Denn Welt muß eine Ordnung haben,
Und Tiefkühläpfel auf dem Tisch.
Es krächzen niemals mehr die Raben,
Ach ja, die Kälte hält uns frisch.

Putzmacherei

Den Sozialismus in seinem Lauf,
Hält das kleinste Hütchen auf,
Denn für einen großen Hut
Braucht der Mensch enormen Mut.

Die ganze Welt ist angstbewohnt,
Und wimmelt von Lakaien,
Von Völkern, die laut schreien,
Und Leiden, das sich endlich lohnt.

Sich von dem alten Dreck befrei'n,
Fällt niemals einem Sklaven ein.
Alt und zäh ist unser Dreck,
Wir kriegen ihn so schnell nicht weg.

Noch ist die Zukunft nicht verloren
Die Gegenwart noch nie geboren,
Wenn wir nur wüßten, wer wir wären,
Könnten wir das Dunkel klären.

An vielen schönen Tagen
Wird man sich mächtig plagen,
Freie Arbeit stört uns nicht,
Und auf Erden würde Licht.

Staats-Begräbnis

Die Schrecken des Herbstes sind klein,
Bis zur nächsten Redoute,
Dann zieht die Mutti bei dir ein,
Und trampelt dir auf dem Hute.

Der Zirkus geht etwas weiter,
In Blut-und Straßenbahn,
Mann, jetzt wird es endlich heiter,
Ganz bombige Abwürfe nah'n.

Die düngen uns Auen und Felder,
Neue Industrien erblü'n,
Sehr viele Herzen erglüh'n,
Tief unter dem Haufen der Gelder.

Am Rhein

Auch dieser Sommer war verloren,
Stramm hing er an der alten Kette,
Fuhr mit dem Abfall um die Wette,
Es wurde Tod zu Tod geboren.

Gemach, der Blödsinn ist von Nutzen,
Vernunft stellt sich zu Zinsen ein,
Nach Paradiesen kräht kein Schwein,
Und sieh', wie Schlangen sich die Zähne putzen.

Dazu wird riesig groß Musik gemacht,
Gitarren steil und Titten krachen,
Die Hühner und die Generäle lachen,
Unser Herr Jesus hat sich's ausgedacht.

Und seht, es kommt das Ende aller Not,
Die Produktion spuckt süßen Saus und Braus,
Uns gehen die Lichter nie mehr aus,
Ein jeder steckt im eigenen Boot.

Es soll nur niemand traurig sein,
Steht stramm, blickt leicht geradeaus,
Kaut Kaugummi in eurem Haus,
So schön wird´s nie auf Erden sein.

Nach = Geburt

Das ganze Haus hat sich verschworen,
Daß ich darin ein Mitglied werde,
Ein Miststück wurde sturzgeboren,
Oh, ich war gelandet auf der Erde.

Für den Anfang war es nicht mal schlecht,
Ich kam in Kirchen sowie Schulen,
Denen kam das Dreckstück recht,
Um in der armen Seele wild zu suhlen.

Bildung ging aufwärts und weiter,
Zur deutschen Universität,
Dort erzeugt man neue Kleider,
An einem geistig hohen Turngerät.

Himmel brachten mich unter die Haube,
Ein staatlich guter Liebeszweck,
In einer herzlich vergifteten Laube,
Wieder gedieh der alte Dreck.

Jeder Anfang kommt zu seinem Ende,
Heils- und auch Finanzenplan,
Auf geblümten Schlachtgelände,
Mit Zwieback und mit Lebertran.

Der Papa sah es gerne,
Die Mama lächelt ferne.

Heimat=Film

Die Dorfkapelle entfaltet Trauermärsche,
Der Pfarrer predigt der Gemeinde,
Trennt mir nicht, was der Herr vereinte,
Das freut die dicken Muttiärsche.

Auf grüner Wiese blüht die Milchwirtschaft,
Die Buben wachsen hin zu den Soldaten,
In drei Jahren sind sie wohlgeraten,
Und laut Gesetz in eine fette Milch vergafft.

Ein neues Scheißhaus muß errichtet werden,
Häuslich blüht die Leidenschaft,
Von Pfaff und Polizei begafft,
Und neues Leben kriecht auf Erden.

Nun wird ein neuer Krieg beginnen,
In Berg und Tal geschehen Wunder,
Der Feind geht haufenweise unter,
In Samarkand ist nichts mehr zu gewinnen.

Was überlebt muß gründlich weg,
Sonst brennt die Hütte hell wie Zunder,
Der Himmel ändert nie den Lauf,
Die Blasmusik ist ganz von Sinnen.

Blümchen

Da kann man nichts machen,
Sagt der kleine Mann,
Die großen Haie lachen,
Was geht ihn das an,
Sagt der kleine Mann.

Dann wird er gefressen,
Was macht ihm das aus,
Er ist ganz besessen,
Von Ruhe im Haus,
Es macht ihm gar nichts aus.

Dann merkt er eines Tages,
Er sei nur noch Skelett,
Ach was, sagt er, ertrag´ es,
Du warst schon immer nett.

Dann kommt er in de Himmel,
Und dort ist alles leer,
Vor Seligkeit sieht er nichts mehr,
Und hüllt sich ein in Schimmel.

Und die Moral von der Geschichte,
Sagt, auch die kleinen Wichte
Haben große Folgen,
Auf Erden und in Wolken.

In Abrahams Schoß

In meines Vaters Haus,
Da gibt es viele Kammern,
Des Todes und von Jammern,
Daran muß man sich klammern,
Und lebt in Saus und Braus.

Wenn die Blätter fallen,
Tagein gerade wie nachtaus,
Und auf den Boden knallen,
Ist auch das Jahr bald aus.

Das letzte war katastrophal,
Das neue wird noch besser,
Leben ist gründlich und anal,
Es glänzen die Gewässer.

So hilft keine Lachen und kein Heulen,
Die Brühe spült dich endlich fort,
Mittels Frost und Beulen;
Hier war einst ein schöner Ort.

Nocturne

Am Abend wird der Faule fleißig,
Läßt das Leben laufen,
Sammelt still ein altes Reisig,
Für den Scheiterhaufen.

Dann zündelt er in tiefer Nacht,
Verantwortungslos,
Ist nicht um den Verstand gebracht,
Das Feuer wird bald riesengroß.

Nächstens in der Zeitung steht,
Die Welt sei hingefallen,
Ein besserer Herr um Rettung fleht,
An seinem Schuh fehlen die Schnallen.

Ist die Geschichte erst vorbei,
Beginnt alsbald ein neuer Brei.

Prospektwerbung

Im Herbst wird die Natur ganz dumm,
Das Laub fällt still und leicht,
Jedes Licht wird stumm,
Der Endzweck ist erreicht.

Das weht seit Kindertagen her,
Die Haubitzen lallen,
Die Lungenflügel knallen,
Was bietet uns das nächste Leben mehr?

Es strahlen dazu Himmelszeichen,
Die Cherubim sind hart gesotten,
Und Ostereier rasch verrotten.

Lilie Marlen stellt uns die Weichen,
Die Innerei fliegt auf den Karren.
War das unser letzter Schmarren?

Steuererleichterung

Pistolen, die sind teuer,
Werden das Leben kosten,
Wenn erst die Patronen rosten,
Verlangt der Kapitän die Heuer.

Leben hat tiefen Sinn,
In den Groschenromanen,
Ist der gründlich hin,
Rutscht man auf Bananen.

Dann kommt der Pfarrer an den Sarg,
Zeigt das Sündenregister,
Die Strafen verteilt der Küster,
Wir trieben es, oh Gott, zu arg.

Sinnspruch 1

Das Leben hat seinen Sinn,
Ach, so viel kann niemand kotzen,
Es zählt der geistige Gewinn,
Damit kann jeder protzen.

Sinnspruch 1 a

Das Leben hat seinen Sinn,
Ach, so viel kann niemand kotzen,
Kaum geboren, ist es hin,
Damit darfst du mit dir protzen.

Fünfte Abteilung:

Ab- und Zu- Gedichte

Heimatschutz

Es kommt Mutti streng daher,
Und mit dem großem Wallen,
Aufrecht steht das ganze Heer,
Fängt gleich an zu lallen.

Der Minister schlägt Alarm,
Drei Teufel erscheinen schon Morgen.
Mutti fällt ihm in den Arm:
ICH werde für euch alle sorgen.

Ihr müssen wir, ja, die Herzen schenken,
Und auch dem riesigen Wogen,
Allein sie hat den ganz großen Bogen:
Und weiß uns zart zu lenken.
Zuhause, da soll es gemütlich sein:
Keiner kommt raus; niemand darf rein.

Wechselwetter

Der Himmel schlägt mit blauen Flecken zu,
Die Schäfchenwolken geh'n zum Schlachter,
Der gute Mensch kommt schnell zur Ruh,
Und der Sonnenlauf fährt achter.

Was kümmert das Propheten in der Wüste,
Die Hölle ist auch nicht mehr angetan,
Gottvater ist von Gips die Büste,
Man sucht ihn öfters in der Straßenbahn.

Abends sammelt sich der Mann am Herde,
Er beugt sein Knie am Hausaltar,
Das ist ein Vorteil für die Erde,

Das Herrenzimmer ist im Arsch,
Das Nichts macht eine Schlußgebärde;
Mutti kocht uns einen schönen Barsch.

Flucht nach Ägypten

In diesem Jahr ist auch der Frühling eine Fälschung,
Ach ja, mein Gott, Du hast schon recht,
Ich bin Dein allerliebster Knecht,
Ich wollte niemals eine andre Kränkung.

Deine Natur und ihre Herrlichkeit,
Sie betört mit abgesenkten Augen,
Die an meinen Knochen saugen,
Das Glück ist wirklich weit und breit.

Ich knie bebend vor dir nieder,
Oh meines Herzens Ausgeburt,
Und strample weiter in der Furt,

Hochgestimmt, auf Todesreise,
Durch Halleluja und durch Scheiße,
Ich glaube fast, ich kehre nicht mehr wieder.

Sur un étang

Les rats musqués
Ont émigré,
Et l'homme qui reste
Fournit la peste.

Erfüllung

Der Spatz pfeift es vom Dach,
All mein Weh und Ach,
Bald muß ich verrecken,
Zu vielen hohen Zwecken.

Carmen lächelt böse,
Mitten in mein Gekröse,
Und die Polizei,
Ist immer dabei.

Der Dirigent regiert,
Mit fetter Volksmusik,
Lustig und gut geschmiert.
Dann kommt das letzte Stück,
Wenn alle Stricke reißen,
Um mich zu verspeisen.

Heldengedenktag

Wenn die Nachtigallen schlagen,
Geht es dem Helden an den Kragen,
Und landauf, landab,
Schaufelt man sein Grab.

Endlich ist Freiheit angebrochen,
Die alte Zeit hat schlecht gerochen,
In Zukunft werden nur noch stinken,
Alle selbst geputzten Klinken.

Wir werden kein Problem mehr kriegen,
Und in die schönste Zukunft fliegen,
Mit Krach und Totschlag ist jetzt Schluß,
Der ganzen Welt ein dicker Kuß!

Seht ihr, so geht es auf Erden,
Die Himmel hängen voller Geigen,
Wir drehen uns in Marsch und Reigen,
Das Schauspiel kann nur besser werden.

Die Helden sind wir endlich los,
Können auf das ABC verzichten,
Und den Kompaß auf 00 ausrichten,
So herrscht Frieden in unser Mutti Schoß.

Der Himmel hat's gewollt,
Kanonendonner rollt,
Es explodiert der Mief,
Ohne Alternativ.

Auf ein Bild von Max Ernst

Geht der Mensch in Trauer,
Ist Herr Jesus sauer,
Und die Heilige Jungfrau
Gibt den Babies Haue Hau.

Das Elternpaar kennt kein Gesetz,
Nur das Messer Wetze Wetz,
Im Himmel liegt das Paradies,
Das Erdenleben ist ganz mies.

Du sollst vom Leben scheiden,
Und alle Lüste meiden,
Nur Himmelslohn ist angemessen,
Wenn Tote ihre Scheiße fressen.

So kommen wir noch zu dem Schluß,
Das Paradies dort oben ist ein Stuß,
Und solche, die auf Erden wallen,
Die leben gerne ohne Krallen.

Ach ja, die Götterspeise,
Nährt niemand auf der Lebensreise.

Naturliebe

So wollen wir die Blümlein loben,
Denn alles Gute kommt von oben,
Und die Basis, die ist breit,
Sehr vernünftig jederzeit,

Genau so wie die Ärsche breit,
Die blasen uns den Marsch,
Dann sitzt das Herz im Arsch.

Die Blümlein duften sehr,
Oh Mensch, was willst du mehr.

Zoo

Das Klopfen des Spechtes
Ist das Weinen des Knechtes,
Er tut's mit dem Kopf,
Der arme Tropf.

Kränzchen

Die Jungfrau liebt nur den Kaplan,
Der Sankt Maria zugetan.
Dem Papst ist das ein frommer Schmaus,
Denn alles bleibt im selben Haus.

Altes Blumenwasser

Die Trauer bricht auf mich herein,
Ist nicht mehr lange hinzutragen,
Sie zerfrißt mir Kopf und Magen,
Und schlägt mir gleich die Fresse ein.

Das bunte Leben hat sich längst erledigt,
Der Markt gab nicht mehr einen Pfifferling,
Die Himmel haben uns Verzicht gepredigt,
Bis niemand mehr an einem Fädchen hing.

Wie sollen Tote einen Grund ergründen,
Der Grund des Todes war der Sinn des Lebens,
Jeder Anfang ist versaut mit vielen Sünden.

Der Himmel bleibt sein eigener Schein,
Das Höllenfeuer wärmt vergebens:
„Muß so viel Trauer sein"?

Zusammenhang

Wenn die Katze mit den Glocken läutet,
Dann ist die Schlange schon enthäutet,
Und die deutsche Eisenbahn,
Karrt massenweise Menschen an.

Sankt Nimmerlein

Familiensonntage
Sind viel schlimmer,
Als Pest und Plage,
Sie enden nimmer.

Abfluß

Es ist Raketensäuseln in der Welt,
Bekannte Krähen ziehen durch das Zimmer,
Die Träume werden täglich schlimmer.
Ich bin zum Abtritt nun bestellt,.

Wer hat den Dreck nur angerührt,
Waren das Aufklärungslichter,
Oder leise, traurige Dichter;
Wer hat den Himmel angeführt.

Wie schön hat, es, ach, angefangen,
Das neue Leben stank nach Glück,
Große Führer bringen uns dahin zurück.

Dann kommt der ganze Schlamm zum Kochen,
Ein Licht ist allen endlich aufgegangen;
Hat sich im Bauch des Nichts verkrochen.

Der Herbst schlägt zu;
Bald hat die tote Seele Ruh.

Hochzeitslied

Der Novak läßt mich nicht verkommen,
Die Unschuld hat er schon genommen,
Jetzt fehlt mir nur noch eine Bleibe,
Dann bleibt der Kerl mir von dem Leibe.

...und jetzt

Ein Zwischenspiel

von

Archangelo Nestfink

Herr Stockfisch und Miß Kabeljau
Die liebten sich gar sehr,
Er macht die Jung- zur Ehefrau,
Verließ sie dann nachher.

Ehrenstein, Fischgericht

Es war einmal ein Papagei,
Der war beim Schöpfungsakt dabei

Morgenstern, Der Papagei

Ein Schiebebock, ein Jeu de Rosen,
breitbäuchig reift der Spiegelsaal
– ihr Sursum corda in die Hosen –
die Welt anal.

Gottfried Benn, Puff.

Ein guter Anfang.

Betrachtung eines Unpolitischen.

1. Pädagogisch

1.

Die Braut kam mit Getöse,
Sie war krank an der Möse,
Dem Pfarrer war's egal,
Er hatte nicht die Qual.

2.

Vom Himmel hoch, da komm' ich her,
Ich hab' die größten Titten,
Was will mein Untertan schon mehr,
Er hat nur schön zu bitten.

3.

Schon bei den kleinen Mädchen,
Dreht die Mama am Rädchen,
Sex ist nur eine Plage,
Wie eine Slip-Einlage.

2 und 3. Un-Politisch

Wenn der Kohl schon Kanzler ist,
Justizia in den Louvre pißt,
Die Es Pe Deh schweigt vor sich hin,
Auch Politik hat ihren Sinn.

4. Volkstümlich

Denn das sind die Traditionen,
In denen wir so gerne wohnen,
Der Kopf versteckt sich tief im Kot,
Es lebt sich gut, ist man erst tot.

5. Gemütlich

So mancher an dem Arsche schwitzt,
Wenn er in der Scheiße sitzt.
Den guten Mann laßt sitzen,
Es könnte ihm was nützen.

6. Romantisch

Ein abgeklemmtes Vötzchen aus Schmollingen,
Nahm aus Leidenschaft sich einen Offizier,
Ihr Herz fing heftig an zu springen,
Von höchster Liebe schwärmte sie bei mir.

Da wußt' ich, rein sind alle Herzen,
Wenn sie bekommen, was sie wollen,
Der Himmel ist ein Sack voll Schmerzen.
Ach, laßt das Fräulein ewig schmollen.

7. Freiheitlich

Klein Carmen ist besonders fein,
Sie kann nur die Schönste sein,
Braucht einen schönen, starken Mann,
Mit dem sie sich vergrößern kann.

8. Aufzug: Paternoster.

Alte Sau, bist nicht am Golgotha gestorben,
Hausmädchenschweiß beschmiert von Ewigkeit,
Du hast um unser Leben sanft geworben,
Genug, ich habe für dich keine Zeit.

Hiroshima, wir sitzen um die Tische,
Cola gut, auch Pommes mit der Majo,
Du startest nicht am Flugplatz Gatow,
Bevor ich unsern Horizont abwische.

Egal, die Leidenschaft dreht sich im Kreise,
Es kostet nichts, nach altbekannter Weise,
Da hängt sie wieder, schön, die alte Sau,

Der Kammerdiener liebt den Fin-de-siècle-Bau.
Ich lobe mir die Hoch- und Überherren;
Und Völker, die im Keller plärren.

9. Demokratisch

Im Musikantenstadel
Versammelt sich der Adel
Der ganzen Nation.
Und sagt nicht einen Ton.

10. Volksdemokratisch

Die Spitze der Politik
Ist auch gut weil dick,
Sie sitzt auf einem Haufen,
In dem wir alle ersaufen.

11. Wirtschaftlich

Die allerfrommsten Lieder
Öffnen keine Mieder,
Auch mit dem Gedicht
Schaffst du es doch nicht,
Brauchst einen bessern Schlüssel,
Einen Gold- und Dollarrüssel,
Dann wird sie es schon machen
Mit ihren Siebensachen.

12. Geistlich

Die Freude ist nicht wirklich,
Die Ehe schließt man kirchlich,
Und fällt das Kind ins Klo,
Dann ist das eben so.

13. Ständisch

Unsere süße Hilde,
Ist wie ein a mit Tilde,
Beweglich und sehr rund,
Unterm Strich auch ganz gesund.

14. Abendessen

Mein Freund, jetzt schlägt die letzte Stunde,
Du warst schon viel zu lang am Leben,
Man wird dir keinen Pfennig geben,
Jetzt drehe schon die letzte Runde!

Zu lange hast du deinen Kopf beschäftigt,
Mit flinken Worten nach dem Sinn gerufen,
Dazu das ewige Gesetz bekräftigt,
Selbstbestimmt auf des Palastes Stufen.

Mein Freund, das wird dir niemand lohnen,
Du hast versucht, dich groß zu machen,
Der Dank wird auf dich niederkrachen,
Oder es hagelt blaue Bohnen.

15. Noch'n Sonett

Jedes Schwein hat nur zwei Lendchen,
Die Rose blühet stets im Mai,
Der Kardinal bringt Nitribitt ein Ständchen,
Dann ist das Jahr auch schon vorbei.

Oh weh! der nächste Sommer kommt bestimmt,
Da müssen wir ein Bier drauf trinken,
Und jener alten Täuschung winken,
Die uns in ihre Arme nimmt.

Wer glaubt, das Spiel sei damit aus,
Klebt in seinem Schneckenhaus.
Verbeuget euch vor jener Maienrose,

Geht nieder und geschlagen in die Schlacht,
Es schlottert Hemd so sehr wie Hose,
Und ein Haufen Dornen lacht.

16. Kohlisch

Leise rieselt der Mist,
Es bleibt immer wie es ist,
Dem Geld gehört die Regierung,
Das Volk sorgt für die Schmierung.

17. Schröderisch

Ach ja, es geht uns gut,
Wir haben nicht zu klagen,
Auf frißt jeder seine Wut,
Niemand platzt der Kragen.

Sinnvoll ist die Politik,
Geschissen wie aus einem Stück:
Dem Volk ist das ganz recht,
Es wird ihm doch nicht schlecht.

18. Römisch

Pfaff', stell' nicht das Beten ein,
Dort droben am Altar,
Sonst wird dir plötzlich klar,
Herr Jesus hebet jetzt ein Bein.

19. Puderquaste
1.
Die gnädige Frau
Hat einen Wauwau,
Der kann nicht pissen,
Niemand darf's wissen,
Sonst müßte sie vermissen,
Chauffeur und Garderoben,
Was wir alles an ihr loben,
Sie würde sonst gefährlich,
Und das ist sehr erklärlich,
Durch den Wauwau
Der gnädigen Frau.

2.
Die gnädige Frau
Ist auch keine Sau,
Auf sehr hohen Schuhen,
Wo die Gefühle ruhen,
Schreitet sie voran,
Drum beten wir sie an,
Von unten anzuschauen,
Die vornehmste der Frauen,
Doch eines hat sie nicht,
Das steht ihr im Gesicht,
Denn die gnädige Frau
Ist halt keine Sau.

20. Sinn des Lebens

Also, sprach die Frau Mama,
Schlecht nur ist der Herr Papa,
Er will doch nur eine Sache
Über der ich rechtlich wache.

Und die Tochter, blond und brav,
Wälzt sich jetzt allein im Schlaf,
Dann nimmt sie einen Herrn mit Geld,
Herrscht über Kind und Haushaltswelt.

Die Kinder werden rasch geboren,
Vorher sind sie schon verloren,
Daher ist die Welt so schön,
Wir sollten einmal baden gehn.

21. Unsinn

Der Papa sitzt im Turm,
Er kaut an einem Wurm,
Der Wurm schmeckt ihm nicht schlecht,
Dem Herrn Direktor ist das recht.

Der Papa ist ein Schwein,
Das sieht er gar nicht ein,
Die Himmel hoch verkünden,
Der Alte muß verschwinden.

22. Schneewittchen
(Ein ganz neues Lied)

Alle Männer sind Schweine,
Sie wollen nur das 'Eine',
Doch ich will es nicht,
Ich geh' vor Gericht.

Ich will mein gutes Recht,
Sonst geht es mir ganz schlecht,
Ich bin selbst kein Schwein,
Ich laß das lieber sein.

Was will man denn von mir,
Ich bin doch kein Tier,
Ich bin auch nicht blind,
Weil wir alle Engel sind.

Ein Engel hat niemals Triebe,
Er schwärmt von nichts als Liebe,
Darauf schwör' ich jeden Eid,
Wie auf mein neues Abendkleid.

Der Richter hat mir Recht gegeben,
So sind die dummen Männer eben,
Jetzt gehört nur mir das Haus,
Und das Schwein, es fliegt hinaus.

Es wartet schon der nächste Mann,
Dem ich noch etwas bieten kann.

23. Letzte Ölung

Mama, fragt Susi, im Leben,
Was wird es für mich geben?
„Man ist Frau, man leidet eben.
Das ist jetzt dein ganzes Streben!"

»Kommt ein Scheckbuch sanft daher,
Hebet sich das Hemdchen sehr;
Sobald die Werte marschieren,
Läßt man sich auch verführen.«

„Mein liebes und einziges Kind,
Du lernst wirklich sehr geschwind,
Hast du den Verstand verloren,
So fühlst du dich wie neu geboren."

Welche Antwort willst du noch haben,
Um deine schöne Seele zu laben?
„Vom Leben darfst du niemals sprechen,
Das wäre mehr als ein Verbrechen!"

Ich weiß, die Männer sind Schweine,
Sie wollen alle nur das „Eine".
Jetzt hat sie es begriffen,
Und sich zuletzt verpfiffen.

24. Ungereimtheiten

(Aus den guten alten Zeiten der Meßdiener)

1.
 Paulus schrieb an die Korinther,
Treibt´s nicht nur vorne, macht´s auch hinter.

2.
 Der Herrgott wohnt im Himmel,
Er hat den größten Pimmel,
Manchmal holt er ihn heraus,
Dann ist schon die Messe aus.

3.
 Ein Bauernbub wurde Kaplan,
Der hatte rote Backen,
Da kam die hohe Lust ihn an,
Die Buben anzupacken.

Der Herr Prälat sah das nicht gern,
Und hielt sich seinen Kaplan fern.

4.
 Die Betschwester kniet in der Bank,
Sie ist am ganzen Leibe krank,
Auch ist sie eine Frau,
Und wird daraus nicht schlau.

5.
 Die Vorsitzende der Jungfrauen
Wollte nur auf Jesus bauen,
Bekam auch bald fünf Kinder,
Ward ein Familienschinder.

6.

Nachts sind alle Katzen grau,
Doch manchmal braucht man eine Frau,
Nur die Mama darf´s nicht sein,
So was denkt doch nur ein Schwein.

7.

Der Knabe, wenn er etwas braucht,
Sich einsam in der Ecke schlaucht,
Wenn er dann das Gretchen sieht,
Weiß er nicht, wie ihm geschieht.

8.

Das alles klingt bestimmt nicht gut,
Und paßt nicht unter einen Hut,
Wir sind noch lange nicht am Ende,
Was wären das auch für Zustände.

9.

Am Sonntag ist die Messe aus,
Dann gehst du geduckt nach Haus,
Dort gibt es ein Essen,
Das wirst du nie vergessen.

10

Paulus schrieb an die Kolosser:
Do not always fuck Your MOther.

Wunderkerze

Der Jüngling strebt nach blonden Ärschen,
Man sieht ihn oft auf Liebesmärschen,
Dann wählt er endlich Zäh Döh Uh,
Und die arme Seel' hat Ruh'.

Das hat schon seinen Sinn,
Der Verstand ist endlich hin.

Liebestrank

Das nette Fräulein Öhs Pö Döh,
Sie tut keinem Herren weh,
Der Herr jedoch ist harsch,
Und tritt sie in den Arsch.

Und auch das hat seinen Sinn,
Denn die Sufferänität iss hin.

Sinnanstiftung

Nun, sprach die Scheiße zu ihrem Haus,
Wer einmal drin ist, der kommt nimmer raus.
Man soll den Tag nur sitzend loben,
Denn alles Gute kommt von oben.

Das gefällt gleich der Regierung,
Denn sie braucht 'ne neue Schmierung.

Housekeeping

(Nach Falko zu singen)

Wir lieben den Dreck,
Er nimmt uns jeden Zweifel weg,
Er ist gesund und macht uns hart,
Weil er uns jede Lust erspart.

Hier stellt sich keine Störung ein,
Einen Kopf braucht doch kein Schwein,
Und auch das kleine Schwanzel,
Verbietet uns die Kanzel.

Den Emanzen ist das recht,
Denn sie haben kein Geschlecht,
So sprach einst die Frau Mama,
Und über Nacht war's nimmer da.

Die Kritik steht auch ganz stramm,
Sie ist lässig auf dem Damm,
Ein Lächeln hier, ein Lächeln dort,
Gut zahlt man für ein gutes Wort.

In dem ganzen Rechtsgebimmel
Schießt die Hauptstadt in den Himmel,
Die großen Mäuse sind sehr froh;
Die Untertanen ebenso.

Refrain:
Ordnung, die muß sein,
Denn wovon lebt ein Schwein.

Fernsehabend

Papa ist pädophil,
Mama liebt das Solo-Spiel,
Die neueste Erotik,
Hat also ihre Logik.

Ordnung ist das halbe Leben,
Deshalb laßt uns weiter streben,
Und auf des Gipfeles Genuß,
Gibt es vom Staate einen Kuß.

Das sagte auch schon Schiller,
Wenn sie nicht will, dann will er.

Perspektiven

1. Die deutsche Frau ist unterdrückt,
Wenn sie nicht den Führer fickt.

2. Demokratie der Happy Few,
Und dazu eine blonde Kuh.

3. Wo es Beute gibt,
Da gibt's auch Frauen,
Und wenn man eines liebt,
Dann ihre Klauen

4. Wir brauchen ganz geschwind
Noch ein zweites Kind,
Die Mama wird's vernichten,
Sie hat so viele Pflichten.

Der Staat unterstützt Pädagogik,
Bei uns hat alles seine Logik.

Worte zum Sonntag

Sonne, Mond und Sterne,
Du kannst mich haben, gerne,
Denn du bist das Liebste mein,
Außer Gott darf niemand sein.

Der Joschka ist ein Haufen,
Da kannst man sich besaufen,
Nachher ist alles grün,
Kannst dich auf sich selbst bezieh'n.

Hitlero scrisse:
Ich liebe die Pisse
Der Mama Germania;
Da sprach Franco: oh la la.

Alpenveilchen

Schönheit schützet nicht vor Hysterie,
Wissenschaft nicht vor den Kriegen,
Auch in kurzen Röcken steckt ein hartes Knie,
Wovon die Götter Husten kriegen.

Da muß der Held sich bald verziehen,
Für diese Welt ist er nur ausgeliehen.

|:Ob blaß, ob braun, das lieben alle Frau'n.:|

20. 3.2003

Wenn der liebe Jesus bombt,
Schweigt das Menschenwesen prompt,
Texanisch Oil räumt alles weg,
Und das ist Gottes höchster Zweck.

Final

Der Papi denkt;
Die Mammi lenkt,
Wo kommen sonst die Kinder her,
Für die nächste Reichstagswehr.

Schorsch aus dem Busch

Wir haben die längsten Kanonen,
Auch den größten Haufen Geld,
Das wird sich für uns lohnen,
Uns gehört, heißa, die Welt.

Woher wir alles haben,
Das wissen nur die Raaben,
Aus unseres Gottes Willen,
Müssen sich die Menschen stillen.

So viel Böses ist auf Erden,
Daraus kann nichts Gutes werden,
Das Unrat muß raus,
Aus unserm schönen Haus.

/:Jesus strömt aus den Granaten,
Es muß der Feind im Blute baden.:/

/:Die Neger sind ein Haufen Dreck,
Sie müssen aus dem Leben weg.:/

/:Die Gelben sind nicht besser,
Wir bringen sie an's Messer.:/

/:Araber sind auch nicht gut
Ihr Öl muß unter unsern Hut.:/

/:Europa ist schon viel zu alt,
Wir machen diesen Blödsinn kalt.:/

/:Dann sind wir ganz allein,
Beendet ist die Pein,

Beendet ist die Pein,
Durch uns ganz allein.:/

Breites Feld

Nun ja, die Damen,
Sie stehen in Gottes Namen
Schön auf weiter Flur:
Ach, was machen sie da nur.

Enges Feld

Die schönsten Geräte
Der Lust
Sind die Zickendrähte.
Wird es bewußt,
Dann wird's zum Frust
Deshalb geht der weise Mann
Weit weg nach Turkmenistan.

Mariae Empfängnis

Das Edle im Weibe
Verfault in ihrem Leibe,
Das Gute in der Frau
Interessiert keine Sau,
Denn die schönen Damen
Lieben ihren Rahmen,
Hin und Her im Kreise
Sich selbst zur Götterspeise.
Mitten im hell blitzenden Klo
Wird die Schöne auch nicht froh
Es dringt aus ihrem Leibe
Was nicht paßt zum Weibe.
Im bunten Eigenhäuschen
Erbebt das Liebesmäuschen;
Das Entfernen von Schmutz
Wird ihrer ewiger Schutz.

Gassenhauer

Die Liebe treibt ein seltsames Spiel,
Sie kommt und geht vom einen zum andern,
Niemals haut sie über das Ziel,
Kein Geselle wird noch wandern.

Kalkutta liegt am Ganges,
Und etwas liegt am Nil,
Das Mädchen ist ein schlankes,
An mir liegt ihr nicht viel.

Das Fräulein aus dem Wörtersee
Ist eine schöne Maid juchhee,
Der Förster will sie stoßen,
Und wer hat an die Hosen?

So schwelt dahin das Liebesleid
In einem leichten Sommerkleid,
Der Pfaffe und der Polizist
Freut sich, daß es bleibt wie's ist.

Wo Damen sind, da ist auch Klo,
Das machte schon den Hamlet froh.
Herrn Jesus war es auch bald klar,
Als Maria ihn gebar.

Ach Gott, die Schlacht von Langemark,
War noch nicht dein letzter Quark,
Die Gotteskinder kuschen,
Und wachsen in die Puschen.

Herz und Schmerzen wunderschön
Müssen doch zu Markte gehen.
Ach, Nachtigall; ich hör' dir tratschen
Und dir in dem Bache latschen.

Schwärzer

Der Niederrhein
Ist auch ein Schwein,
Er will kein deutsches Mädel sein.

Die kleinen Mädchen
Sind das große Rädchen
Im Verlaufe der Natur,
Ach! Lieber Gott, wem nutzt das nur.

Rüschchen

a)
Neulich ging ein Haufen Scheiße
Auf die große Bildungsreise,
Der Rezensent kam bald zurück,
Glücklich und an einem Stück.

Die Moral von dieser Reise:
Glaube nie dem Billigpreise.

b)
Vom Himmler hoch, da komm' ich her,
Und bring euch eine neue Mär,
Ihr sollt nicht eure Schuhe putzen,
Sondern euch die Ohren stutzen.

Auch die Geschichte hat 'nen Sinn,
Am tiefsten steckt sie in uns drin.

c)
Jetzt kommt noch Herr Meier,
Er ist nicht ganz geheuer,
Brom- und Heidelbeeren,
Müssen wir entbehren.

d)
Das Leben ist uns teuer,
Wir brauchen keinen Meier.
Und riecht er noch so grün,
Wir müssen vor ihm niederknie'n.

e)
Für die Müsli-Propheten
Soll jemand andrer beten.
So sprach der Verstand,
Dann ist er weg gerannt.

Vibrations

1. Welle

Der Mai ist gekommen,
Die Girrls schlagen aus,
Die Boyz sind benommen,
Und bauen ein Haus.

Doch auch das hat seinen Sinn,
Alle Lebenslust ist hin.
Die Mama freut das sehr
Und die Herrschaft noch viel mehr.

2. Welle

Hab' ich Migraine,
Bin ich Madame
Stolz wie die Schwäne
Auf dem Macadam.

3. Welle

Recht hat der Sklave,
Der sich unterwirft,
Ein Held ist der Brave,
Wenn er Tränen schlürft.

Pfingstrosen

Die Männer, die sind Schweine,
Sie wollen nur das Eine,
Dagegen fallen Damen
Niemals aus dem Rahmen.

Die Haare flattern im Wind,
Manchmal kommt ein Kind

Jungfräulich sind Emanzen,
Sie träumen nur von Schwanzen,
Ist dann alles abgeschnitten,
Hat die Herrschaft ausgelitten.

Die Jeans werden immer enger,
Die Ansichten sehr viel strenger.

Die wildesten Emanzen,
Gehen gern auch tanzen,
Mit dem schönen Schorsche,
Der fährt für sie dem Porsche.

Ein Leben ohne Hysterie,
Das will unser Fräulein nie.

Pfingstwunder

Keusch ist auch die Äss Pöh Däh,
Ihr tut das Verhältnis weh,
Das sie mit der Herrschaft hat,
Und wird vor lauter Vernunft platt.

Das macht das Kapital ganz groß,
Es bumst die Dame hemmungslos,
Dabei muß sie was erleiden,
Ach! Das war nicht zu vermeiden.

Auch sie weiß jetzt das Eine,
Die Männer sind nur Schweine.
Die Ordnung kann auch sauber sein,
Das leuchtet jedem Himmel ein.

Sonntags

Im Wald und auf der Heide,
Da ist nur wenig Freude;
Die Ursel spielt Klavier;
Traurig ist zumute mir.

Auf ein Bild von Robert Crumb

Ganz im Verborgenen blüht,
Weil man ihn selten sieht,
Der enorme Schwanz
Der Radikal-Emanz.

Sie muß ihn wohl verstecken,
Sie würde sonst anecken,
Am Scheine ihres Spiegels,
Am Stachel ihres Igels.

Geistiger Geist

Es schreiben die Links-Kritiken,
Abscheulich ist, wenn Männer ficken,
Spirituell ist's feminin,
Da gehen wir jetzt alle hin.

Die Herrschaft ist's zufrieden,
Die Frage ist vermieden,
Ob die Lust auch lustig sei,
Und keine Pfaffen–Schweinerei.

Fronleichnam

Madonna, du hast das Gewisse,
In deinem BH steht die Pisse,
Der Unterhaltungsindustrie,
So schön war das Leben nie.
Wir stehen vor ihr Schlange,
Uns ist vor gar nichts bange.

Amtlich

Die kleinen Flittchen
Mit hochmögenden Tittchen,
Sind ewig wahr,
Ganz wie der Mond,
So wunderbar.

Variante

Schönheit schützet nicht vor Hysterie,
Auch blonde Beine tragen dummes Vieh,
Da muß ein Held sich schnell verziehen,
Für diese Welt ist er nur ausgeliehen.

Sollte er mal zwei, drei Kriege überleben,
In seinem Haus wird keine Penelope weben,
Der Kriegsgewinnler schmeißt ihn auf den Müll,
Soll er doch hingeh'n, wo er hingeh'n will.

Die Blonde sitzt auf dem Siegerpferd,
Weil blond sie ist; und sich das wert.

Hausmusik

Hier spielt das Schicksal noch die erste Geige,
Der brave Mann denkt an sich selbst zuletzt,
Wenn er nach Mark und Pfennig hetzt,
Und sitzt er bald auf einem dürren Zweige.

Sauber

Iß endlich deinen Pudding, Gilda,
Und du, Beate, geh' gleich in dein Zimmer,
Und machst auch, was ich sage, die Mama,
Morgen wird alles noch schlimmer.

Eisernes Kreuz

Die deutsche Frau
Ist auch feldgrau,
Sie hebt die Röcke
Für Wehrmachtsböcke,
Im Falle von Liebe,
Da setzt es Hiebe,
Süßes Geträller
Kommt nicht in den Teller:
Ich tue meine Pflicht,
Mehr gibt es nicht.
Schließlich hat man Kinder,
Da wird man gleich gesünder,
Gemacht von einem Saubermann,
Auf den man sich verlassen kann.
Denn für uns springt der Staat
Im Kreis und im Quadrat.

Rückschau & Rücksicht

Wählt endlich einmal eine Frau,
Nichts stets die gleiche Männersau,
Sie wird euch zeigen, was es heißt,
Wenn man in fremde Teller scheißt.

Denn ohne süße Hygiene,
Erwirbt man nie Migräne,
Und der Staat in seiner Not,
Schmiert sich diesen Schweiß aufs Brot.

Der Geist hat wieder was zu Schreiben,
In einem bunten Feuilleton,
Ein krummer Text, der lohnt sich schon,

Ein Seufzer wird auf Muttis Schlachtfeld bleiben.
Und jetzt ist endlich Schluß,
Mit dem ganzen Stuß!

Dritter Teil

Einstellschlitten

Übel-Sonette
&
Kinder–Reime

Inde fit, ut aliquid/ petere praesumam,/
Nudus ego, metuens,/ frigus atque brumam...

Archipoeta, Archicancellarie, 217-20.

Anzi è pur vero, / ma fu felice il precipizio

Tasso, Aminta 1875 f.

Plötzlich rief die Schwester Pia
Eines Morgens: Santa mia!

Morgenstern, St. Expeditus.

Du hast IHM sehr gefallen
O Kalb voll Angstgeschnauf!

Brecht, Hitler-Choräle 3.

Nicht verzagen! Das Leben geht weiter

Kölnisch Wasser

Da hast du den Salat,
Du stellst die Füße unter Muttis Tisch,
Sie hat ein süßes Wort parat,
Und du unterschreibst den Wisch.

Die Schrift ist deiner Hand entfallen,
Der Himmel pfeift ein Lied dazu,
Madonna läßt die Sorgen knallen,
Gottvater setzt die Güte zu.

Dein Schädel ist lange verbleicht,
Leicht ist ein Heilsplan zu erfüllen,
Ein letztes Blatt Papier zu knüllen,

Und was du sollst, hast du erreicht.
Getrost kannst du in Windeln sinken,
Dein Leichnam wird nicht einmal stinken.

Flotte Lotte

Der Tod kennt viele Türen,
Der Körper spricht ein blödes „Ach",
Gleich wird man dich verschnüren,
Und das geht ohne viele Krach.

War das einen Aufwand wert?
Langes Leben durch den Dreck,
Der Straßenfeger nichts erfährt,
Noch weniger der Himmelszweck.

Schon Anfang brachte jeden Segen,
Tief im All, bei Sinn und Engeln,
Der Zollverein fing an zu quengeln.

Die Luft war voll von Sensendengeln,
Die Sturzgeburt lag schon bereit,
Und was folgt, braucht nicht viel Zeit.

Lieder = Kranz

Tote Seelen ergehen sich im Sport,
In gänzlichen Familienklumpen,
Und segeln lächelnd in den Humpen,
Die Zukunft segnet sie in einem fort.

Doch das sind längst nicht alle Pflichten,
Mama braucht noch was für die Migräne,
Für ihre frustverklebten Schwäne,
Bei Ausschluß tieferer Geschichten.

Volksmusik trampelt die Felder tot,
Immer so, und immer weiter,
Oh Du! Des Lebens Überschreiter.

Du bleiches Würmchen in der braunen Wurst,
Es bebt durch dich der Massendurst,
Strampelnd, und viel lieber tot als rot.

Oster-Eier

Der Kasper, der macht Männchen,
Er biegt sich, wie ein Tännchen,
Und zu seinem Lohn,
Erfährt er Spott und Hohn.

Recht geschiet´s dem armen Hund,
Er tanzt am falschen Platze,
Sein Fell ist viel zu bunt,
Ach, wär´ er eine Katze.

Und wenn er auch was anders wär´,
Ein flotter Hampelmann,
Ein Tanz–und ein Brummelbär,

Er kommt nie an der Grenze an,
Man schießt ihm in den Rücken,
Zu aller Welt Entzücken.

Postwurf

So wirst du von der Welt gesegnet,
Demütig auf der Schneide bleiben,
Seitwärts niemals dich vertreiben,
Wenn es Matsch und Cola regnet.

Vorbilder gibt es viel zuhauf,
Papis Pampers, Muttis Frust,
Da erblüht die Lebenslust,
Und mancher setzt den Stahlhelm auf.

Das Leben ist endlich gesichert,
Es hängt ein Segen überm Haus,
Am Katzentisch die Kirchenmaus.

Glück muß schnurgerade sein,
Was anders ist, das darf nicht sein,
Und Stalin hat sich was gekichert.

Oh! Niagara

Erst wird das Essen vor die Tür gestellt,
Dann folgen auch Gitarren,
Dann wird das Leben abgestellt,
Und du bist nicht einmal ein Schmarren.

Den Fröschen wird der Hals zerschnitten,
Es rentierte nie ein Quaken,
Auf dem Logos fährt man Schlitten,
Und hält es lieber mit den Kraken.

Mutti spuckt darauf den Segen,
Es lupft der Pfaffe die Soutane,
Da leuchtet auch das Weiß vom Schwane;

Alles muß sich nach ihr regen.
Leise geht die Welt zur Ruh´,
Und Mutti macht den Deckel zu.

Lenkungs=Ausschuß

Die Landschaft kann sich nicht mehr sehen lassen
Sie spielt zu schlecht schöne Natur,
Und legt um sich eine Hutschnur,
Daß Nattern und Asseln erblassen.

Der Mond wird alles uns verbessern,
Da dürfen wir ein Häuslein bauen,
Und in den Brühen, allen lauen,
Gedanken viel und Blumen wässern.

Dann werden wir zum Mars noch reisen,
Mit dem Sofa und den Puschen,
Daß die fremden Völker kuschen,

Und alles zu günstigen Preisen.
Wir werden frei und munter schaffen,
Ganz tief dem Tod ins Arschloch gaffen.

Hochzeitslied

Der Novak läßt mich nicht verkommen,
Die Unschuld hat er schon genommen,
Jetzt fehlt mir nur noch eine Bleibe,
Dann bleibt der Kerl mir von dem Leibe.

Die Ahnen

Es lebe Vaters dicke Scheiße,
Sie läßt uns ewig keine Ruh,
Und schickt uns auf die letzte Reise,
Die Verwesung schaut schon zu.

Horizonte

Stündlich muß die Erde beben,
Jeder Himmel hat sein Zweck,
Wir wollen nach Erlösung streben,
Am Ende schmeckt uns jeder Dreck.

Drei Worte zum Sonntag

1.

Hier kriecht ein Kerl im tiefen Dreck,
Und pfeift sein Hosianna,
Er denkt etwas von hohem Zweck,
Verschluckt geöltes Manna.

2.

Es fliegt ein Bläuling in der Luft,
Die Welt kann noch was werden,
Der Weltgeist kommt auf Pferden,
Wer´s nicht mag, geht in die Gruft.

3.

Es lebt der Mensch, solang er kniet,
Betet mit verdrehten Augen,
Bis sie wirklich nichts mehr taugen,
Sein HerrGott ihm die Haut abzieht.

Verkehr

Die größten Kritiker der Macht
Geben auf die Ampeln acht,
Und wenn sie ihre Frauen sehen,
Wollen sie ins Kino gehen.

Auf der Leinwand, schwuppdiwumm,
Kommt schon die Ehefrau herum,
Und der Kritiker der Macht,
Wird aus dem Leben weggebracht.

Und im Himmel angekommen,
Glaubt er sich in seinem dem Glück,
Nun ist er endlich Haus und Hausfrau los.

Doch er wird nicht angenommen,
Herr Jesus weist ihn scharf zurück,
Und bettet sich in grünes Moos.

Schwarmintelligenz

Der Gang der Vögel wird verboten,
Sie kommen unverzagt daher,
Sie nähren sich nicht von den Toten,
Und sind ohne jede Gewähr.

Der Hund kann auch nicht weiter leben,
Grinsend latscht er durch den Bach,
Es schmeckt ihm nicht ein hohes Streben,
Und er rennt in´s Ungemach.

Dagegen wachsen die Frisuren,
Stiefel sind auch sehr beliebt.
Indianer werden ausgesiebt.

Und jedem schlagen seine Uhren,
Von denen niemand etwas sieht,
Daß Leere rasch vorüberzieht.

Strandgut

Der Pappi geht jetzt baden,
Und beißt sich in die Waden,
Indess´ die dumme Kuh,
Schaut ihrem Euter zu.

Die Kinder lernen Gehen,
Durch Blick in das Fernsehen,
Die Englein schauen zu,
In ihrem güldnen Schuh.

So geht der Fortschritt weiter,
Und wird immer gescheiter.

Istrisches Requiem

Der Schoß wird noch gebumst,
Aus dem die Zukunft rummst,
Der Papst läßt nicht abtreiben,
Damit ihm Schäflein bleiben,
Das Militär braucht Vieh,
Zu schlachten da und hie,

Auch die Geisteswelt,
Verdient damit ihr Geld,
Und selbst der Philosoph,
Verkauft sich gern als doof,
Die reinen Jungfrauen,
Dem Treiben zuschauen,
Mutti ist´s zufrieden,
Das Papperl längst verschieden,
In himmlischer Ruh,
Das Kapital schaut zu,
Denn immer ist Natur,
Auf der rechten Spur,
Seit Anfang der Urzeiten,
Das Schicksal wir bereiten,
Wir uns zu unserm Tod,
Gott weiß, aus welcher Not!
Das soll uns nicht bekümmern,
Damit wir´s nicht verschlimmern.
Hier herrscht die erste Bürgerpflicht,
Stehe stramm, und lebe nicht.
Nichts schmeckt so gut wie Sch....,
Viel Glück zur letzten Reise.

A vol d´oiseau

Un ministre,
Bien sinistre,
Devient Pape,
Rue de Lappe.
Et sa sœur,
Une mégère,
Fait poésie,
Dans le taudis.

La famille,
Sur béquille,
Est heureuse,
Bien désastreuse.

Magnificat a

Vater unser in der Sonne,
Bewahre uns vor Weiberkram,
Der ganz ohne Lust und Wonne,
Herab auf unsre Erde kam.

Vater unser in dem Geist,
Befreie uns von dem Gelaber,
Das sich breit macht, dumm und dreist,
Mit Kriegen ohne Wenn und aber.

Vater unser auf der Erden,
In den Kneipen, auf dem Feld,
Und auf dem letzten Sterbebett,

Das Glück geht nicht nur nach dem Geld,
Sonst muß es zum Tode werden,
Das wäre für uns gar nicht nett.

Magnificat b

Muttergottes in dem Nebel,
Große Hüterin des Heils,
Zücke jetzt nicht Deine Säbel,
Zeig´ uns nicht den Glanz des Beils.

Wir wollen all vernünftig sein,
Tiefe, dunkle Löcher graben,
Und in Deinem Ringverein,
Fleißig in dem Kreise traben.

Denn so ist es vorgesehen,
Aus den fernen Welten her,
Kommt uns auch kein Funkeln mehr,

Wir sind bei DIr doch gern gesehen,
Das wird uns schön am Leben halten,
Bis wir das letzte Licht ausschalten.

Hochdruckbehälter

Wir wollen es nicht übertreiben,
Bei den alten Ketten bleiben,
Denn sie klingen, ach, so schön,
Kein Mensch kann ohne sie noch geh´n.

Neue Besen fegen gut,
Alles unter einen Hut,
Dort fängt es an, zu blühen,
Weil wir uns so toll bemühen.

Der Haushalt blüht erklecklich,
Weil, Müßiggang ist schrecklich,
Das wissen wir schon lange,

Da wird uns niemals bange,
Und Hans Dampf in allen Gassen,
Seinen Urin kann doch nicht lassen.

Magnificat c

Der Papa wird uns richten,
Das gehört zu seinen Pflichten,
Die Mama schmeißt den Rest,
In das warme Liebesnest.

Es blühen stark die Veilchen,
Ach, warte noch ein Weilchen,
Dann macht die Hl. Jungfrau,
Auch den letzten Rest zur Sau.

Du glaubst, das sei das Ende,
Dann schaue mal behende,
Aus deinem kleinen Fenster raus,
In deinem Feste-Burg-Scheißhaus.

Dann siehst du einen Leichenzug,
Auch damit ist es nicht genug,
Du wirst dich selber häuten,
Wenn alle Glocken läuten.

Und folgst du deinen Pflichten,
Dein Nachbar wird dich richten,
Der ist auch schon lange tot,
Denn die Not kennt kein Gebot.

So laßt uns eine Messe lesen,
So, als sei gar nichts gewesen.

Menuett für den letzten Herbst

Der Herbst ist jetzt hereingelatscht,
So haben Engel es gewollt,
Verehrung haben wir gezollt,
Der Sommer wurde abgewatscht.

Das ist der letzte nun gewesen,
Gewiß nicht mehr ein ferner Klang,
Kein Götterdämmerungsgesang,
In keinem Buch wird man es lesen.

Auch manches ist schon längst dahin,
Gräber wird es nicht mehr geben,
Nicht ein Schwein wird sich erdreisten,

Der Himmel bleibt bei seinen Leisten,
Was soll der Quatsch vom Erdenleben,
Ein Knödel ist an sich Gewinn!

Herbstschmonzette
(Für die romantische Jugend)

Die Stare lärmen in den Bäumen,
Um nächste Schritte zu bedenken,
Die wir strikt nach Hause lenken,
Um dem Tod den Platz zu räumen.

Ich gehe gern unter Arkaden,
In des Sommers tiefer Hitze,
Im Schatten Zeus´ und seiner Blitze,
Der Himmel bringt mir keinen Schaden.

Wo aber Ottomanen lauern,
Mädchen sich in Trauer kauern,
Und aufschwillt ein Wohlgesang,

Dort wirst du letzte Gänge gehen,
Nicht wie Orpheus dich umsehen,
Dort baumelt schon dein Lebensstrang.

Abschiedsgeschenk

Zur besseren Erinnerung

Das werden *W*ir dir nie verzeihen,
Kleines Stück mit Dreck und Blut,
Des Lebens abgeschmierte Brut,
Welche Aborte wiederkäuen.

Du hast die hohe Stadt gebaut,
Meer und Gebirge überschritten,
Der Hydra Köpfe abgeschnitten,
Und damit dein Glück versaut.

Du warst auf Licht und Glanz versessen,
Aus Haß auf dunkler Wärme Ruh´,
Ein Narr, und immer seinsvergessen.

Du nennst mich eine dumme Kuh,
Und kannst doch schwere Milch nicht kränken,
Ich werde dich in *MIR* versenken.

Kipferl

Da geht der Strame Max in seiner Scheiße,
Erhobenen Hauptes, und er selbst dahin,
Er achtet dabei rings herum auf Preise,
Da macht er locker seinen Reingewinn.

So überkommt ihn Großes Strahlen,
Und es fliegt vom Kopf sein Hut,
Nun kennt er nicht mehr seine Qualen,
Und ein Lächeln tut ihm gut.

Jetzt erst kommt er ganz nach oben,
Freuden trinkt er aus dem Eimer,
Mädchen küssen seine Hände.

Und Mutti kann ihn endlich loben,
Ihren süßen, kleinen Schleimer,
Tja, mein Junge, das spricht Bände.

More Autumn Leaves

Sollen die Blätter doch fallen,
Das Leben kennt nie unsre Not,
Solange wir uns abknallen,
Verdient der Himmel sein Brot.

Die Seele muß den Gamsbart tragen,
Die Liebe lebt vom Wohnmobil,
Das waren unsre letzten Fragen,
Was ist, das ist nicht ohne Ziel.

Und du glaubst, es sei das Ende,
Schlußverkauf und endlich Ruh´,
Als ob ein Sinn zu nichts sich fände;

Der Tod schaut gern sich selber zu,
Will ewig in dem Leben bleiben,
Daß Märkte sich die Hände reiben.

Ringelreihen

Kinder, werft die Fackeln weg,
Denn im Trüben sieht man besser,
Und wetzt ungestört die Messer,
Alles andre hat kein Zweck.

Amseln bringen nichts als Plagen,
Finken richten Schaden an,
Und ich werde euch jetzt sagen,
Wie man das besser machen kann.

Die Amsel kommt gleich in den Grill,
Und den Fink mußt du ertränken,
Und keinem Frosch das Leben schenken,

Weil es aller Wille will;
Dann können wir schön ruhen,
In unsern Gefriertruhen.

Ruhetag

Heute gibt es nichts zu klagen,
Beißt kein Maus kein Faden ab,
Ins Haus kämen doch nur Klagen,
Und dann erwacht der Generalstab.

Die Zukunft macht uns all bescheiden,
Die Gegenwart alles viel besser,
So mag eine jeder sich vermeiden,
Und laufen in das nächste Messer.

Und wenn Du noch nicht glücklich bist,
Von Deinem Heil nicht ganz betroffen,
Dann recke Hände zum Gebet.

Zum Dank hat Dich die Bomb getroffen,
Dich Vorhersehung geküßt,
Daß keiner weiß, es sei zu spät.

Fräulein vom Amt

In diesem Herbst fallen nicht nur Blätter,
Das Große Ganze geht auch gerne mit,
Gelegentlich zerfällt sogar das Wetter,
Und unser Militär hält Schritt.

Spricht die Regentin, nun ist Schluß,
Wir denken alle sofort positiv,
Das haut auf einen Kopf die Nuß,
Und aus den Tiefen meldet sich der Mief.

So wollen wir nun alle dankbar sein,
In Andacht unsre Knie brechen,
Und jubeln froh und massenhaft.

Denn unser Dasein muß sich rächen,
Ohne Pomp und Totenschein,
Gott spricht, wir müssen alle blechen.

Rosenkränzchen

Kein Schwein ist gerne eine Sau,
Kein Knochen will gemahlen sein,
Wieviel kostet das Himmelsblau,
Wer schreibt den Verweilungsschein.

Fragen sind sowohl sehr dumm,
Als auch nimmer hier gewesen,
Schweigen spricht sich schnell herum,
Und sauber fegt ein neuer Besen.

Ach, Schweigen hinterläßt nicht Spur,
Sauberkeit dagegen, die sitzt tief,
Himmelsblau, was machst du nur.

Gott darf über aller Leere thronen,
Seit Ewigkeiten hängt sein Segen schief
Wie wird ein Blick auf IHn sich lohnen.

Lichtbogen

Der Tod kommt vor dem Winterlicht,
Ohne Sensen und Geklingel,
Ohne Schatten und Gesicht,
Ist er doch ein alter Schlingel.

Schon die Empfängnis war verbogen,
Auf den Wiesen, in dem Haus,
Hat sich durchs Leben durchgelogen,
Es gab nie einen Liebesschmaus.

Es wurden Ernten eingefahren,
In der Arbeit, in den Kriegen,
Und in schäbig kleinen Siegen.

Die feiern wir in hellen Scharen,
In unsrer größten Kleinigkeit,
Ganz ohne Leben, ohne Zeit.

Der=Donau=Waller

Er war wieder da,
An der Donau, ah,
War auch er auch bis Zet,
Wie ist er jetzt so nett.

Na, was hat er gewallt,
Das hat er gesallt,
Er war mal ein Fisch,
Riesig und frisch.

Weihnachts in der Wiege,
Liegt eine brummig Fliege,
Es schneit der Weihnachtsmann,
Betet nun die Fliege an.

An Ostern kommt der Hase,
Aus einem grünen Gase,
Er legt ein Ei und drei,
Schon ist er vorbei.

Pfingsten ist ein Wunder,
Da blitzt der Alte Plunder,
An Köpfen sind die Flammen,
Kleben das Ding zusammen.

Im Sommer ist die Sonne,
Oh, Allgemeine Wonne,
Und so ist es vorbei,
Mit dem schönen Knechtsgeschrei.

Sprach an der Donau Waller,
Der wortreiche Knaller.

Alles Bio

Hühner im Regen,
Bringt Fortschritt und Segen,
Das weiß jedes Kind,
Und verstirbt geschwind.

Es donnert in den Wolken,
Der Himmel wird gemolken,
Und es kommt heraus,
Spirituell die Laus.

Dem Zauber fehlt der Sinn,
Das kriegen wir schon hin,
Mit Krach und etwas Pampe,

Und einer schlauen Schlampe,
So geht es praktisch weiter,
Auf der Himmelsleiter

Au petit matin

Le tigre
Dénigre,
La jungle,
Il est tué,
Par une huée
De tringles.

Moi, j´adore,
Comme Pandore,
Les houseaux,
De Rousseau,
Et le Bon dieu,
Est crémeux,
Comme une taupe,
Avant l`aube,

Ne croyez pas,
Que les soldats,
Aient compris,
Les pisse en lit,
Dans l´histoire,
Il faut savoir,
À manger,

De la merde noire
Et le danger,
Est évité.

Glückssträhne

Hoppe, hoppe, Reiter,
Wenn er kriecht, dann freut er,
Sich des schönen Lebens,
Er kriecht nicht vergebens.

Fällt er in den Graben,
Erhält er milde Gaben,
Fällt er in den Sumpf,
Wird er König Schlumpf.

Auch die Religionen,
Werden ihn nicht verschonen,
Er hat es ziemlich eilig,
Schon spricht man ihn heilig.

Ist er endlich tot,
Verdient er noch sein Brot
In der Ewigkeit,
Allzeit war er bereit.

In der Postkutsche

Spazieren in den Städten,
Wie auch auf dem Lande,
Wird uns nicht mehr retten,
Und das ist keine Schande.

Denn mit den Prothesen,
Und fliegenden Schiffen,
Werden wir bald verwesen,
Auch wenn wir tüchtig kiffen.

Die Blümlein auf dem Felde,
Die Mädchen im Gemach,
Streben nach dem Gelde,
Ach, das gibt einen Krach.

Und auf tut sich der Himmel,
Ein Strahlen bricht heraus,
Und ein schwerer Schimmel,
Reitet über´s Haus.

Wer konnte das schon ahnen,
Bei Tausend Sonnen Schein,
Kein Blick wird uns ermahnen,
Wir äschern selbst uns ein.

Auf dem Weg nach Compostella,
Versinkt ein Pilger in Nutella.

Föhnfrisur

Die geschliffenen Denker,
Haben die besten Gedanken,
Wenn sie mit ihrem Geschlenker,
Waschmittel tanken.

Unsere schönsten Kapläne,
Hoch auf der Weihrauchkanzel,
Entlassen eine Träne,
Bei bebendendem Schwanzel.

So weit, und schön, und gut,
Es fehlt nur noch die Seligkeit,
Mit Coca Cola-Ewigkeit,

Hoppla! Nur ein bißchen Mut,
Dann klingt das Offertorium,
In unserm Krematorium.

Sonnenschlußverkauf

Moritz ging einst auf die Reise,
Früh, in einem alten Kahn,
Er flog dahin, auf glattem Eise,
Und kam bald zuhause an.

Schon war die Haustür aufgerissen,
Der Hausherr trat aus sich hinaus,
Hat etwas vor sein Tor geschissen,
Das war ein glatter Augenschmaus.

Und war noch lange nicht das Ende,
Denn er bestellte Marschmusik,
Schoß ein schlankes Reh behende,
Und kam auf sich selbst zurück.

Moritz sah, wie ihm geschah,
Er war endlich angekommen,
Und von Seligkeit benommen,
Daß er sich im Himmel sah.

Dem Hausmann flog er stracks entgegen,
Sein gutes Herz war ganz entblößt,
Er wollte endlich den Haussegen,
Das hat sein Ende ausgelöst.

Willst du hier dich niederlassen,
Mußt du meine Scheiße fressen,
Meinen Tritten dich anpassen,
Und dein Leben ganz vergessen.

So kam der verlorene Sohn,
Auch ganz recht zu seinem Lohn,
Er wurde rasch zermampft:
Das hat nicht viel gedampft.

Serviettenring

Deine Mutter stinkt aus den Augen,
Der Papa am ganzen Rücken,
Da gibt es etwas zum Saugen,
Zum globalen Entzücken.

Wir mußten es lange erwarten,
Amputiert auf Kindesbeinen,
Da half nicht Schluchzen noch Weinen,
Ein Panzer stand in dem Vorgarten.

Jetzt wundert uns aber nichts mehr,
Der Vater steht beim Heer,
Und Mama in der Küche,
Da holt man sich die schönsten Brüche.

Sonntags im Gotteshaus,
Dort ist die viele Freude,
Man tut sich etwas zu Leide,
Kotzt dann das Mittagessen aus.

Am Himmel schwebt ein Engel,
Ganz danach sieht es aus,
Mutti klebt am Gequengel,
Unser Vati stützt das Haus.

Das sagten wir schon immer,
Morgen wird es noch schlimmer.

Epilog

Zur Orientierung

HansGuckInDieScheiße,
Ging auf eine Reise,
Kam er an ein Haus,
Da lief der Tod heraus.

„Servus, du, mein Kind,
Laufe nur geschwind
In kommenden Tagen,
Wirst du mich ertragen."

HansGuckInDieWelt,
War nur schlecht bestellt.
„Wird es wohl noch dauern,
Und er auf mich lauern."

„Du bist wirklich schlau,
Und doch schon im Bau,
In baldiger Zeit,
Bin ich für dich bereit."

HansGuckInDieScheiße,
Ist noch auf der Reise.
Er ging grad um die Ecke,
Zu seinem letzten Zwecke.

& & &

Weitere Werke von Peter Fischer

Demnächst bei **tredition**

Fünf Theater-Stücke

Apfelböck – Der Erzherzog

Ubu Imperator – Amphitryon und diese
Herren im Hause

Carmen und Holofernes

Schattenkonstruktion

Sechs andalusische Hunde
Geschichten

In der Angsthaube

Kleine Gedichte in Prosa,
mit Kurz- und Lang-Geschichten

Kopflos

Gedichte, Hymnen
& Tristien

Zeitfracht Medien GmbH
Ferdinand-Jühlke-Straße 7
99095 Erfurt, Deutschland
produktsicherheit@kolibri360.de